Whiskers and Shells

The Enchanted Adventure

By

MORENA BELTRAMI

Copyright Year: [2024]

Copyright Notice: © [2024] by MORENA BELTRAMI
All rights reserved.

ISBN:
ISBN
@ Cover Image: [MORENA BELTRAMI]

First Edition [October 2024]

Anno del copyright: [2024]

Nota del copyright: © [2024] di MORENA BELTRAMI

Tutti i diritti riservati.

ISBN:

ISBN

@ Immagine di copertina: [MORENA BELTRAMI]

Prima edizione [Ottobre 2024]

Index of Summaries for "Whiskers and Shells: The Enchanted Adventure"

1. Introduction to Whiskers and Shells
   - Meet Whiskers, the playful black cat with silver streaks, and Shells, the wise turtle. The story begins in a vibrant village where the duo decides to embark on an adventure into the nearby mysterious forest.

2. Into the Mysterious Forest
   - Whiskers and Shells step into the dense forest, where towering trees and a canopy of lush foliage create an enchanting atmosphere. They set their sights on discovering the hidden wonders within.

3. The Fireflies' Path
   - As night falls, Whiskers and Shells encounter a mesmerizing spectacle—a path illuminated by a family of twinkling fireflies. This magical light show guides them deeper into the heart of the forest.

4. The Rabbit Feast
   - The pair stumbles upon a delightful scene: a group of rabbits hosting a joyful carrot feast. Whiskers and Shells are invited to join, sharing laughter and stories with their new friends, showcasing themes of warmth and camaraderie.

5. Facing Challenges Together
   - Along their journey, Whiskers and Shells face various challenges, including navigating tricky terrain and unexpected obstacles. Through teamwork and their strong friendship, they find solutions and move forward.

6. The Enchanted Spring
   - At the forest's core, they discover an enchanted spring shimmering with mystical silver light. Here, the true magic of their adventure is revealed, as they reflect on the strength and beauty of their bond.

7. Homeward Bound
   - With their hearts full and spirits high, Whiskers and Shells return to their village, eager to share their incredible tales and newfound wisdom with their community.

8. Conclusion: The Magic of Friendship
   - The story concludes by highlighting the enduring magic found in friendship and the joy of shared adventures, leaving readers with a warm, uplifting message.

This index offers a snapshot of the delightful journey filled with magic, friendship, and discovery, perfect for sparking young imaginations and fostering a love for reading.

Indice dei riassunti per "Whiskers and Shells: The Enchanted Adventure"
Introduzione a Whiskers and Shells

1 Incontra Whiskers, il giocoso gatto nero con striature argentate, e Shells, la saggia tartaruga. La storia inizia in un vivace villaggio dove il duo decide di intraprendere un'avventura nella vicina foresta misteriosa.

2 Nella foresta misteriosa

Whiskers and Shells entrano nella fitta foresta, dove alberi torreggianti e una volta di lussureggiante fogliame creano un'atmosfera incantevole. Puntano a scoprire le meraviglie nascoste al suo interno.

3 Il sentiero delle lucciole

Al calare della notte, Whiskers and Shells incontrano uno spettacolo ipnotizzante: un sentiero illuminato da una famiglia di lucciole scintillanti. Questo magico spettacolo di luci li guida più in profondità nel cuore della foresta.

4 Il banchetto dei conigli

La coppia si imbatte in una scena deliziosa: un gruppo di conigli che organizza un allegro banchetto di carote. Whiskers and Shells sono invitati a unirsi, condividendo risate e storie con i loro nuovi amici, mostrando temi di calore e cameratismo.

5 Affrontare le sfide insieme

Durante il loro viaggio, Whiskers and Shells affrontano varie sfide, tra cui la navigazione su terreni difficili e ostacoli inaspettati. Grazie al lavoro di squadra e alla loro forte amicizia, trovano soluzioni e vanno avanti.

6 La primavera incantata

Nel cuore della foresta, scoprono una primavera incantata che brilla di una mistica luce argentata. Qui, la vera magia della loro avventura viene rivelata, mentre riflettono sulla forza e la bellezza del loro legame.

7 Verso casa

Con i loro cuori pieni e lo spirito alto, Whiskers and Shells tornano al loro villaggio, desiderosi di condividere i loro incredibili racconti e la loro nuova saggezza con la loro comunità.

8 Conclusione: la magia dell'amicizia

La storia si conclude evidenziando la magia duratura he si trova nell'amicizia e la gioia delle avventure condivise, lasciando ai lettori un messaggio caldo ed edificante. Questo indice offre un'istantanea di un viaggio delizioso, pieno di magia, amicizia e scoperta, perfetto per accendere l'immaginazione dei più piccoli e coltivare l'amore per la lettura.

Meet Whiskers, the playful black cat with silver streaks, and Shells, the wise turtle. The story begins in a vibrant village where the duo decides to embark on an adventure into the nearby mysterious forest.

Incontra Whiskers, il giocoso gatto nero con striature argentate, e Shells, la saggia tartaruga. La storia inizia in un vivace villaggio dove il duo decide di intraprendere un'avventura nella vicina foresta misteriosa.

Character Profile: Whiskers

Name: Whiskers

Appearance: Whiskers is a charming and playful black cat distinguished by his striking silver streaks that shimmer under the light. His bright, inquisitive eyes are always on the lookout for the next adventure, reflecting his lively spirit.

Personality: Whiskers embodies the essence of playfulness and curiosity. His adventurous nature often leads him into intriguing situations, always eager to explore the unknown. With a heart full of wonder and a mind brimming with imagination, Whiskers is the kind of character who turns every moment into a potential escapade.

Role in the Story: In "Whiskers and Shells: The Enchanted Adventure," Whiskers is the catalyst for the journey that he and his friend Shells, the wise turtle, undertake. His enthusiasm and boundless energy inspire Shells to join him in exploring the mysterious forest, setting the stage for their magical adventure.

Unique Traits and Skills: Whiskers possesses a keen sense of adventure and a knack for finding joy in the simplest things. His curiosity often leads him to discover hidden wonders, such as the enchanted spring in the forest. Whiskers' playful antics and fearless attitude make him a beloved character, encouraging young readers to embrace their own sense of curiosity and adventure.

Endearing Qualities: Whiskers' infectious energy and positive outlook are sure to captivate young readers. His ability to see the magic in the world around him, combined with his loyalty and friendship with Shells, provides heartwarming lessons on companionship and the joys of exploration.

Profilo del personaggio: Whiskers
Nome: Whiskers

Aspetto: Whiskers è un gatto nero affascinante e giocoso, caratterizzato dalle sue striature argentate che brillano sotto la luce. I suoi occhi luminosi e curiosi sono sempre alla ricerca della prossima avventura, riflettendo il suo spirito vivace.

Personalità: Whiskers incarna l'essenza della giocosità e della curiosità. La sua natura avventurosa lo porta spesso in situazioni intriganti, sempre desideroso di esplorare l'ignoto. Con un cuore pieno di meraviglia e una mente traboccante di immaginazione, Whiskers è il tipo di personaggio che trasforma ogni momento in una potenziale scappatella.

Ruolo nella storia: In "Whiskers and Shells: The Enchanted Adventure", Whiskers è il catalizzatore del viaggio che lui e il suo amico Shells, la saggia tartaruga, intraprendono. Il suo entusiasmo e la sua energia sconfinata ispirano Shells a unirsi a lui nell'esplorazione della misteriosa foresta, preparando il terreno per la loro magica avventura.

Caratteristiche e abilità uniche: Whiskers possiede un forte senso dell'avventura e un talento per trovare gioia nelle cose più semplici. La sua curiosità lo porta spesso a scoprire meraviglie nascoste, come la sorgente incantata nella foresta. Le buffonate giocose e l'atteggiamento impavido di Whiskers lo rendono un personaggio amato, incoraggiando i giovani lettori ad abbracciare il proprio senso di curiosità e avventura.

Qualità accattivanti: L'energia contagiosa e la prospettiva positiva di Whiskers cattureranno sicuramente i giovani lettori. La sua capacità di vedere la magia nel mondo che lo circonda, unita alla sua lealtà e amicizia con Shells, fornisce lezioni commoventi sulla compagnia e le gioie dell'esplorazione.

Whiskers

Shells

Character Profile: Shells
Name: Shells

Appearance: Shells is a distinguished turtle with a beautifully patterned shell that reflects an array of earthy tones. His kind eyes and gentle smile convey a sense of wisdom and warmth. Despite his slow, deliberate movements, Shells carries an undeniable presence that commands respect and admiration.

Personality: Shells is the epitome of wisdom and patience. His calm demeanor and thoughtful nature make him a grounding force, especially in contrast to Whiskers' playful exuberance. Shells is known for his ability to reflect on situations carefully, providing insights and solutions that others might overlook in their haste.

Role in the Story: In "Whiskers and Shells: The Enchanted Adventure," Shells acts as a guiding figure for Whiskers. His wise counsel and steady approach help balance Whiskers' impulsive energy, making their journey through the mysterious forest both safe and enlightening. Shells' thoughtful decision-making is crucial to overcoming challenges along their path.

Unique Traits and Skills: Shells possesses an extraordinary ability to remain calm under pressure, often using his wisdom to navigate through complex situations. His intuition allows him to sense the hidden magic within the forest, guiding him and Whiskers to the enchanted spring. Shells' nurturing nature and insightful perspective make him an endearing character who teaches young readers the value of patience and thoughtful reflection.

Endearing Qualities: Shells' gentle spirit and wise outlook make him a beloved character in the story. His friendship with Whiskers showcases the beauty of complementary relationships, where different strengths come together to create a harmonious balance. Young readers will find inspiration in Shells' ability to approach life with a thoughtful and open heart, embracing the wonders of the world with grace and understanding.

Profilo del personaggio: Shells
Nome: Shells

Aspetto: Shells è una tartaruga distinta con un guscio splendidamente decorato che riflette una serie di toni terrosi. I suoi occhi gentili e il suo sorriso trasmettono un senso di saggezza e calore. Nonostante i suoi movimenti lenti e deliberati, Shells ha una presenza innegabile che suscita rispetto e ammirazione.

Personalità: Shells è l'epitome della saggezza e della pazienza. Il suo comportamento calmo e la sua natura premurosa lo rendono una forza di radicamento, soprattutto in contrasto con l'esuberanza giocosa di Whiskers. Shells è noto per la sua capacità di riflettere attentamente sulle situazioni, fornendo intuizioni e soluzioni che altri potrebbero trascurare nella loro fretta.

pazienza e della riflessione ponderata.

Ruolo nella storia: In "Whiskers and Shells: The Enchanted Adventure", Shells funge da figura guida per Whiskers. I suoi saggi consigli e il suo approccio costante aiutano a bilanciare l'energia impulsiva di Whiskers, rendendo il loro viaggio attraverso la misteriosa foresta sia sicuro che illuminante. Le decisioni ponderate di Shells sono fondamentali per superare le sfide lungo il loro cammino.

Caratteristiche e abilità uniche: Shells possiede una straordinaria capacità di mantenere la calma sotto pressione, spesso usando la sua saggezza per navigare in situazioni complesse. Il suo intuito gli consente di percepire la magia nascosta nella foresta, guidando lui e Whiskers verso la sorgente incantata. La natura premurosa e la prospettiva perspicace di Shells lo rendono un personaggio accattivante che insegna ai giovani lettori il valore della pazienza e della riflessione ponderata.

Qualità accattivanti: Lo spirito gentile e la prospettiva saggia di Shells lo rendono un personaggio amato nella storia. La sua amicizia con Whiskers mostra la bellezza delle relazioni complementari, dove diversi punti di forza si uniscono per creare un equilibrio armonioso. I giovani lettori troveranno ispirazione nella capacità di Shells di affrontare la vita con un cuore premuroso e aperto, abbracciando le meraviglie del mondo con grazia e comprensione.

Whiskers and Shells

In the heart of a land where dreams and reality melded seamlessly, Whiskers, the playful black cat with striking silver streaks, flicked his tail with excitement. Beside him, Shells, the wise and gentle turtle, adjusted his beautifully patterned shell. The duo stood at the edge of the Mysterious Forest, a place whispered about in tales and songs.

The forest was a wonder to behold. Towering trees stretched skyward, their branches entwined to form a canopy that glimmered in the dappled sunlight. Leaves danced gently in the breeze, casting playful patterns on the forest floor. As Whiskers and Shells stepped beneath the lush foliage, the outside world faded away, replaced by a symphony of rustling leaves and birdsong.

"Do you feel it, Shells?" Whiskers purred, his bright, inquisitive eyes reflecting his adventurous spirit. "The magic here is alive!"

Shells nodded slowly, his kind eyes taking in the enchanting beauty around them. "Indeed, Whiskers. This forest holds many secrets. We must tread with open hearts and minds."

Their journey began with laughter and camaraderie, Whiskers darting ahead to chase sunbeams, while Shells ambled along at a steady pace, ever watchful and wise.

As they ventured deeper, the forest began to reveal its hidden wonders.

First, they encountered a grove of ancient trees whose bark shimmered with a golden hue. Whiskers, ever curious, leapt onto one of the lower branches. "Look, Shells! These trees seem to whisper stories of old."

As if responding to Whiskers' words, the trees rustled gently, and a soft, melodious humming filled the air. Shells listened intently, feeling the stories of the past weave through him like a gentle stream. "These are the Eldertrees," he mused, "keepers of the forest's history."

Further along, they discovered a glistening pond, its surface rippling with colors of the rainbow. As Whiskers peered into the water, tiny fish darted playfully, their scales sparkling like gems. Shells marveled at the sight. "This pond," he said, "reflects the dreams of the forest. It shows us the beauty that lies within each moment."

Their exploration continued, leading them to a clearing bathed in soft moonlight, though the sun still shone brightly above. In the center stood a stone archway, entwined with flowering vines. It was a portal, shimmering faintly, promising adventure beyond imagination.

Whiskers' eyes widened with wonder. "Shall we, Shells?" he asked, his voice a mixture of excitement and awe.

Shells smiled, his heart filled with warmth for his adventurous friend. "Yes, Whiskers. Together, we shall see what lies beyond this enchanted gate."

And so, with hearts full of courage and wonder, Whiskers and Shells stepped through the archway, ready to embrace the magical journey that awaited. In the Mysterious Forest, they found not only hidden wonders but also the true essence of friendship and the boundless magic of discovery.

Into the Mysterious Forest

Nel cuore di una terra dove sogni e realtà si fondono perfettamente, Whiskers, il giocoso gatto nero con striature argentate, agitò la coda per l'eccitazione. Accanto a lui, Shells, la saggia e gentile tartaruga, si sistemò il suo guscio splendidamente decorato. Il duo si trovava ai margini della Foresta Misteriosa, un luogo di cui si sussurrava di racconti e canzoni.

La foresta era una meraviglia da vedere. Alberi torreggianti si estendevano verso il cielo, i loro rami si intrecciavano per formare una volta che scintillava alla luce del sole screziata. Le foglie danzavano dolcemente nella brezza, creando motivi giocosi sul suolo della foresta. Mentre Whiskers e Shells entravano sotto il fogliame lussureggiante, il mondo esterno svanì, sostituito da una sinfonia di foglie fruscianti e canti di uccelli.
"Lo senti, Shells?" Whiskers fece le fusa, i suoi occhi luminosi e curiosi riflettevano il suo spirito avventuroso. "La magia qui è viva!"
Shells annuì lentamente, i suoi occhi gentili assorbivano l'incantevole bellezza intorno a loro. "In effetti, Whiskers. Questa foresta nasconde molti segreti. Dobbiamo procedere con cuori e menti aperti."

Il loro viaggio iniziò con risate e cameratismo, Whiskers che sfrecciava avanti per inseguire i raggi di sole, mentre Shells procedeva a passo lento, sempre attento e saggio. Mentre si avventuravano più in profondità, la foresta iniziò a rivelare le sue meraviglie nascoste.

Per prima cosa, incontrarono un boschetto di alberi secolari la cui corteccia scintillava di una tonalità dorata. Whiskers, sempre curioso, saltò su uno dei rami più bassi. "Guarda, Shells! Questi alberi sembrano sussurrare storie antiche."

Come se rispondessero alle parole di Whiskers, gli alberi frusciarono dolcemente e un ronzio dolce e melodioso riempì l'aria. Shells ascoltò attentamente, sentendo le storie del passato intrecciarsi in lui come un dolce ruscello. "Questi sono gli Eldertrees", rifletté, "custodi della storia della foresta."

Più avanti, scoprirono uno stagno scintillante, la cui superficie si increspava con i colori dell'arcobaleno. Mentre Whiskers scrutava l'acqua, dei piccoli pesci guizzavano giocosamente, le cui squame scintillavano come gemme. Shells rimase meravigliato da quella vista. "Questo stagno", disse, "riflette i sogni della foresta. Ci mostra la bellezza che si cela in ogni momento".

Nella misteriosa foresta

La loro esplorazione continuò, conducendoli a una radura immersa nella dolce luce della luna, sebbene il sole splendesse ancora luminoso sopra. Al centro c'era un arco di pietra, intrecciato con viticci fioriti. Era un portale, che luccicava debolmente, promettendo avventure oltre ogni immaginazione.
Gli occhi di Whiskers si spalancarono per lo stupore. "Andiamo, Shells?" chiese, con una voce mista di eccitazione e timore reverenziale.
Shells sorrise, il suo cuore si riempì di calore per il suo amico avventuroso. "Sì, Whiskers. Insieme, vedremo cosa si cela oltre questo cancello incantato".
E così, con cuori pieni di coraggio e meraviglia, Whiskers e Shells varcarono l'arco, pronti ad abbracciare il magico viaggio che li attendeva. Nella Foresta Misteriosa, trovarono non solo meraviglie nascoste, ma anche la vera essenza dell'amicizia e la magia sconfinata della scoperta.

As dusk settled over the Mysterious Forest, a gentle hush enveloped the trees, and the world seemed to hold its breath. Whiskers, the playful black cat with striking silver streaks, tilted his head to the sky, where stars began to twinkle like diamonds scattered across velvet. Beside him, Shells, the wise turtle, adjusted his beautifully patterned shell, feeling the serene magic of the evening.

"Look, Whiskers!" Shells murmured, his kind eyes widening with delight. "The fireflies are awakening."

Indeed, from the depths of the forest, a soft glow began to emerge. Tiny lights blinked to life, one by one, until a path of twinkling fireflies stretched before them, weaving through the trees like a river of stars. The air around them shimmered with enchantment, and Whiskers' heart raced with excitement.

"Wow, Shells!" Whiskers meowed, his bright eyes reflecting the golden glow. "It's like the forest is showing us the way."

With paws light as air, Whiskers followed the luminous trail, and Shells ambled alongside, his steady pace guided by the gentle dance of the fireflies. As they ventured deeper into the forest, the world around them transformed into a realm of wonder.

The trees, silhouetted against the moonlit sky, seemed to sway to a silent melody, their leaves whispering secrets of the night. The fireflies flitted gracefully, their light painting the forest with a soft, ethereal glow. It was as if they were guardians of a hidden world, leading Whiskers and Shells towards its heart.

Along the path, they discovered wonders that only the night could reveal. A cluster of mushrooms glowed with a faint, magical luminescence, casting tiny shadows on the ground. An owl, perched high above, hooted softly, its eyes gleaming with ancient wisdom. The forest was alive with mystery, and Whiskers felt a thrill of adventure with every step.

"Whiskers, do you feel it?" Shells asked, his voice a gentle rumble. "The forest is welcoming us, sharing its secrets."

Whiskers nodded, his tail flicking with excitement. "I do, Shells. It's like we're part of something bigger, something magical."

Their journey guided by the fireflies' glow led them to a clearing where the night sky opened wide. Stars winked down from above, and the moon bathed the forest in silver light. In the center of the clearing, a small pond mirrored the heavens, its surface shimmering with the reflections of both stars and fireflies.

Whiskers crouched by the water's edge, mesmerized by the beauty of it all. "It's like a piece of the sky fell to earth," he whispered.

Shells joined him, feeling a deep sense of peace. "Here, beneath the starlit sky, we have found the forest's heart."

As the fireflies danced around them, Whiskers and Shells sat in quiet companionship, their hearts full of wonder and friendship. The fireflies' path had led them not only deeper into the forest but into a night of unforgettable magic.

In the Mysterious Forest, Whiskers and Shells discovered that sometimes the greatest adventures are those that illuminate the heart, lighting the way with the gentle glow of friendship and discovery.

Whiskers and Shells following the fireflies' path in the Mysterious Forest

Mentre il crepuscolo calava sulla Foresta Misteriosa, un dolce silenzio avvolgeva gli alberi e il mondo sembrava trattenere il respiro. Whiskers, il giocoso gatto nero con le sue vistose striature argentate, inclinò la testa verso il cielo, dove le stelle iniziarono a scintillare come diamanti sparsi sul velluto. Accanto a lui, Shells, la saggia tartaruga, si sistemò il suo guscio splendidamente decorato, percependo la serena magia della sera.

"Guarda, Whiskers!" mormorò Shells, i suoi occhi gentili si spalancarono per la gioia. "Le lucciole si stanno risvegliando."

In effetti, dalle profondità della foresta, iniziò a emergere un tenue bagliore. Piccole luci si illuminarono, una alla volta, finché un sentiero di lucciole scintillanti si stese davanti a loro, serpeggiando tra gli alberi come un fiume di stelle. L'aria intorno a loro luccicava di incanto e il cuore di Whiskers batteva forte per l'eccitazione.

"Wow, Shells!" miagolò Whiskers, i suoi occhi luminosi riflettevano il bagliore dorato. "È come se la foresta ci stesse mostrando la strada."

Con zampe leggere come l'aria, Whiskers seguì la pista luminosa e Shells gli andò a passo lento, il suo passo costante guidato dalla dolce danza delle lucciole. Mentre si addentravano nella foresta, il mondo intorno a loro si trasformò in un regno di meraviglie.

Gli alberi, stagliati contro il cielo illuminato dalla luna, sembravano ondeggiare a una melodia silenziosa, le loro foglie sussurravano segreti della notte. Le lucciole svolazzavano con grazia, la loro luce dipingeva la foresta con un bagliore morbido ed etereo. Era come se fossero le guardiane di un mondo nascosto, che conducevano Whiskers e Shells verso il suo cuore.

Lungo il sentiero, scoprirono meraviglie che solo la notte poteva rivelare. Un gruppo di funghi brillava di una debole, magica luminescenza, proiettando piccole ombre sul terreno. Un gufo, appollaiato in alto, ululò dolcemente, i suoi occhi brillavano di antica saggezza. La foresta era viva di mistero e Whiskers provava un brivido di avventura a ogni passo.

"Whiskers, lo senti?" chiese Shells, con un leggero rombo nella voce. "La foresta ci sta dando il benvenuto, condividendo i suoi segreti."

Whiskers annuì, la sua coda si mosse per l'eccitazione. "Sì, Shells. È come se fossimo parte di qualcosa di più grande, qualcosa di magico."

Il loro viaggio guidato dal bagliore delle lucciole li condusse a una radura dove il cielo notturno si aprì. Le stelle ammiccavano dall'alto e la luna inondava la foresta di luce argentata. Al centro della radura, un piccolo stagno rispecchiava il cielo, la sua superficie scintillava con i riflessi sia delle stelle che delle lucciole.

Whiskers si accovacciò sul bordo dell'acqua, ipnotizzato dalla bellezza di tutto ciò.
"È come se un pezzo di cielo fosse caduto sulla terra," sussurrò.
Shells lo raggiunse, provando un profondo senso di pace. "Qui, sotto il cielo stellato, abbiamo trovato il cuore della foresta."
Mentre le lucciole danzavano intorno a loro, Whiskers e Shells sedevano in silenziosa compagnia, i loro cuori pieni di meraviglia e amicizia. Il percorso delle lucciole li aveva condotti non solo più in profondità nella foresta, ma in una notte di magia indimenticabile.
Nella Foresta Misteriosa, Whiskers e Shells scoprirono che a volte le avventure più grandi sono quelle che illuminano il cuore, illuminando la strada con il dolce bagliore dell'amicizia e della scoperta.

Whiskers and Shells
seguono il percorso delle lucciole nella Foresta Misteriosa

In the heart of the Mysterious Forest, where golden sunlight danced through the leaves and the air was sweet with the scent of wildflowers, Whiskers, the playful black cat, and Shells, the wise turtle, found themselves on an unexpected adventure.

As they wandered through the forest, a gentle hum of laughter and chatter reached their ears. Curious, Whiskers' ears perked up, and with a mischievous glint in his eyes, he bound ahead, with Shells following leisurely.

Before long, they stumbled upon a charming scene: a group of rabbits gathered in a sunny clearing, hosting an exuberant carrot feast. With their fluffy tails and bright eyes, the rabbits were busy arranging vibrant orange carrots in delightful patterns, their laughter echoing through the trees.

Cautious yet intrigued, Whiskers slowly padded towards the gathering while Shells ambled behind, his wise eyes taking in the scene. The rabbits noticed their new visitors and, without hesitation, hopped over to welcome them with open paws.

"Join us, friends!" squeaked a particularly jolly rabbit named Thumper, his big ears twitching with excitement. "We have plenty to share!"

Whiskers and Shells gladly accepted the invitation, settling into the warm circle of new friends.

The rabbits introduced them to various carrot dishes, from crispy carrot chips to sweet carrot cakes, each bite more delightful than the last.

As the feast continued, stories flowed as freely as laughter. The rabbits shared tales of their adventures in the forest—their daring races through the meadows and their playful antics under the moonlight. In return, Whiskers recounted their journey along the fireflies' path while Shells spoke of the wisdom he had gathered from years of observing the forest's wonders.

The sun began its descent, painting the sky in hues of pink and gold, yet the warmth of friendship lingered like a cosy blanket wrapped around them. Whiskers and Shells felt a sense of belonging, their hearts glowing with the joy of newfound camaraderie.As the feast ended, the rabbits gathered in a circle, paws joined, and began a cheerful song that echoed through the forest. Whiskers and Shells joined in, their voices blending with the rabbits', creating a melody of unity and happiness. When it was time to leave, Whiskers and Shells bid farewell to their new friends, promising to return for another feast. As they made their way back through the enchanted forest, they carried the warmth of the rabbits' friendship, a reminder that the greatest treasures are the bonds we forge along the way.

Whiskers and Shells joining the rabbits' joyful Carrot feast.

Nel cuore della Foresta Misteriosa, dove la luce dorata del sole danzava tra le foglie e l'aria era dolce con il profumo dei fiori selvatici, Whiskers, il giocoso gatto nero, e Shells, la saggia tartaruga, si ritrovarono in un'avventura inaspettata.

Mentre vagavano nella foresta, un dolce ronzio di risate e chiacchiere giunse alle loro orecchie. Curioso, Whiskers drizzò le orecchie e con un luccichio malizioso negli occhi, balzò avanti, con Shells che lo seguiva con calma.

In poco tempo, si imbatterono in una scena incantevole: un gruppo di conigli riuniti in una radura soleggiata, che ospitavano un'esuberante festa di carote. Con le loro code soffici e gli occhi luminosi, i conigli erano impegnati a disporre carote arancioni vivaci in deliziosi motivi, e le loro risate echeggiavano tra gli alberi.

Prudente ma incuriosito, Whiskers si diresse lentamente verso il raduno mentre Shells camminava lentamente dietro, i suoi occhi saggi osservavano la scena. I conigli notarono i loro nuovi visitatori e, senza esitazione, saltarono per accoglierli a zampe aperte.

"Unisciti a noi, amici!" squittì un coniglio particolarmente allegro di nome Thumper, le sue grandi orecchie si contrassero per l'eccitazione. "Abbiamo molto da condividere!"

Whiskers e Shells accettarono volentieri l'invito, sistemandosi nel caldo cerchio di nuovi amici. I conigli li fecero assaggiare vari piatti a base di carote, dalle croccanti chips di carote alle dolci torte di carote, ogni boccone più delizioso del precedente.

Mentre la festa continuava, le storie fluivano liberamente come le risate. I conigli condividevano storie delle loro avventure nella foresta, le loro audaci corse attraverso i prati e le loro giocose buffonate al chiaro di luna. In cambio, Whiskers raccontò il loro viaggio lungo il sentiero delle lucciole mentre Shells parlò della saggezza che aveva raccolto in anni di osservazione delle meraviglie della foresta.

Il sole iniziò a calare, dipingendo il cielo di tonalità di rosa e oro, ma il calore dell'amicizia indugiava come una coperta accogliente avvolta intorno a loro. Whiskers e Shells provarono un senso di appartenenza, i loro cuori brillavano di gioia per la ritrovata cameratismo.

Quando la festa finì, i conigli si riunirono in cerchio, le zampe si unirono e iniziarono una canzone allegra che echeggiò nella foresta. Whiskers e Shells si unirono, le loro voci si fondevano con quelle dei conigli, creando una melodia di unità e felicità.

Quando fu il momento di andarsene, Whiskers e Shells salutarono i loro nuovi amici, promettendo di tornare per un'altra festa. Mentre tornavano indietro attraverso la foresta incantata, portavano con sé il calore dell'amicizia dei conigli, un promemoria che i tesori più grandi sono i legami che forgiamo lungo il cammino.

Whiskers and Shells alla
festa delle carote dei conigli

In the heart of the Mysterious Forest, where the trees whispered secrets and sunlight played hide-and-seek through the branches, Whiskers, the playful black cat, and Shells, the wise turtle, set out on a new adventure. Their journey was filled with excitement but also with challenges that tested their friendship and wit.

As they meandered through the lush greenery, the ground beneath them changed. The path turned rocky and uneven, making it difficult for Shells to keep up. "This terrain is tricky," Shells puffed, determined but slightly weary. Whiskers, noticing her friend's struggle, paused and offered a solution. "Let's find a smoother path together," he suggested, his eyes sparkling with determination.

They searched for an easier route, and soon, Whiskers spotted a trail of soft moss lining the path's edge. "Follow me, Shells!" he called out, gently guiding his friend onto the cushioned path. Their teamwork turned an obstacle into an opportunity, and they continued their journey with renewed vigour.

Further along, they encountered a fallen tree blocking their way. The branches were too dense for Whiskers to leap over and too high for Shells to crawl under. "What should we do now?" Whiskers pondered, scratching his head with a paw.

Shells, with her thoughtful nature, examined the scene. "Let's use our strengths," she proposed.

Together, they devised a plan. Whiskers climbed onto Shells back, his agile paws reaching the higher branches. With a swift tug, he pulled down a sturdy vine. Using her strength, Shells held the vine steady as Whiskers tied it securely to the branches. Together, they created a makeshift bridge and carefully crossed over the tree, their laughter echoing through the forest.

As the sun began to set, painting the sky with hues of orange and pink, Whiskers and Shells approached a shimmering creek. The water was too wide for Shells to swim across and too swift for Whiskers to leap. "Another challenge," Whiskers sighed, gazing at the flowing water. But Shells had an idea. "Let's build a raft," she suggested, her eyes twinkling with inspiration.

With teamwork and creativity, they gathered branches and leaves and woven them together into a small raft. Carefully placing it on the water, they climbed aboard, paddling with sticks to the rhythm of the babbling brook. As they reached the other side, Whiskers and Shells shared a moment of triumph, their friendship more robust than ever.

Their journey through the Mysterious Forest taught them the power of resilience and cooperation. With each challenge they faced, Whiskers and Shells discovered that together, they could overcome any obstacle. As they ventured onward, the forest enveloped them in its serene embrace, a testament to the enduring magic of friendship.

Whiskers and Shells building a raft by the creek

Nel cuore della Foresta Misteriosa, dove gli alberi sussurravano segreti e la luce del sole giocava a nascondino tra i rami, Whiskers, il giocoso gatto nero, e Shells, la saggia tartaruga, partirono per una nuova avventura. Il loro viaggio fu pieno di eccitazione ma anche di sfide che misero alla prova la loro amicizia e il loro ingegno.

Mentre serpeggiavano tra la vegetazione lussureggiante, il terreno sotto di loro cambiò. Il sentiero divenne roccioso e irregolare, rendendo difficile per Shells tenere il passo. "Questo terreno è insidioso", sbuffò Shells, determinata ma leggermente stanca. Whiskers, notando la difficoltà della sua amica, si fermò e offrì una soluzione. "Troviamo insieme un sentiero più agevole", suggerì, con gli occhi che brillavano di determinazione.

Cercarono un percorso più facile e presto Whiskers individuò una scia di soffice muschio che costeggiava il bordo del sentiero. "Seguimi, Shells!" gridò, guidando delicatamente la sua amica sul sentiero imbottito. Il loro lavoro di squadra trasformò un ostacolo in un'opportunità e continuarono il loro viaggio con rinnovato vigore. Più avanti, incontrarono un albero caduto che bloccava loro la strada. I rami erano troppo fitti perché Whiskers potesse saltarci sopra e troppo alti perché Shells potesse strisciarci sotto. "Cosa dovremmo fare adesso?"

rifletté Whiskers, grattandosi la testa con una zampa. Shells, con la sua natura riflessiva, esaminò la scena. "Usiamo le nostre forze", propose.
Insieme, escogitarono un piano. Whiskers salì sulla schiena di Shells, le sue agili zampe raggiunsero i rami più alti. Con un rapido tiro, tirò giù una robusta vite. Usando la sua forza, Shells tenne ferma la vite mentre Whiskers la legava saldamente ai rami. Insieme, crearono un ponte improvvisato e attraversarono con attenzione l'albero, mentre le loro risate echeggiavano nella foresta.
Mentre il sole iniziava a tramontare, dipingendo il cielo con sfumature di arancione e rosa, Whiskers e Shells si avvicinarono a un ruscello scintillante. L'acqua era troppo ampia perché Shells potesse attraversarla a nuoto e troppo veloce perché Whiskers potesse saltarci sopra. "Un'altra sfida", sospirò Whiskers, osservando l'acqua che scorreva. Ma Shells ebbe un'idea. "Costruiamo una zattera", suggerì, con gli occhi che brillavano di ispirazione.
Con lavoro di squadra e creatività, raccolsero rami e foglie e li intrecciarono insieme per formare una piccola zattera. Dopo averla posizionata con cura sull'acqua, salirono a bordo, remando con dei bastoni al ritmo del ruscello gorgogliante.

Quando raggiunsero l'altra sponda, Whiskers e Shells condivisero un momento di trionfo, la loro amicizia più forte che mai.
Il loro viaggio attraverso la Foresta Misteriosa insegnò loro il potere della resilienza e della cooperazione. Con ogni sfida che affrontarono, Whiskers e Shells scoprirono che insieme potevano superare qualsiasi ostacolo. Mentre si avventuravano, la foresta li avvolse nel suo sereno abbraccio, una testimonianza della magia duratura dell'amicizia.

Whiskers e Shells costruiscono una zattera sul ruscello

In the heart of the Mysterious Forest, where every leaf seemed to hum with ancient secrets, Whiskers, the playful black cat, and Shells, the wise turtle, were drawn toward a soft, silvery glow. Their paws and claws had carried them across tricky terrain, through shimmering creeks, and over makeshift vine bridges, each step bringing them closer to the unknown.

As they ventured more profoundly, the air grew still, and a gentle melody of trickling water reached their ears. The forest canopy parted to reveal a hidden glen, it centerpiece an enchanted spring that shimmered with a mystical glow. The silver light danced across the surface, casting playful patterns on the lush greenery surrounding it.

Whiskers bound forward, his eyes wide with wonder. "Look, Shells! It's like the moon fell into the forest and decided to stay a while."

Shells nodded with a smile, slowly approaching the edge of the spring. "Indeed, Whiskers. It's as if the forest is sharing its magic with us."

They sat by the water's edge, the serene glow embracing them like an old friend. In that moment of tranquility, Whiskers and Shells reflected on their journey—the obstacles they had faced, the laughter they had shared, and the lessons they had learned. Each challenge had only strengthened their bond, filling their hearts with the warmth of friendship.

"Remember when we couldn't find a way over that fallen tree?" Whiskers chuckled, nudging Shells gently. "We made our path with those vines!"

Shells grinned, recalling the moment. "And how we built that raft by the creek. It was our teamwork that kept us afloat."

The enchanted spring seemed to listen, its surface rippling with approval. At the heart of the forest, the true magic of their adventure was revealed—not in the shimmering waters but in the enduring friendship that had guided them.

As twilight painted the sky with hues of pink and purple, Whiskers and Shells knew that this journey had been about more than just reaching an enchanted place. It was about discovering the strength and beauty of their bond and the wonders that friendship could unlock. With hearts full of gratitude and eyes sparkling with joy, they knew they would carry the magic of this moment with them, wherever their next adventure might lead. And as they left the glen, the enchanted spring continued to shimmer, a silent guardian of their shared memories and dreams.

The Enchanted Spring

Nel cuore della Foresta Misteriosa, dove ogni foglia sembrava ronzare di antichi segreti, Whiskers, il giocoso gatto nero, e Shells, la saggia tartaruga, furono attratti da un tenue bagliore argenteo. Le loro zampe e i loro artigli li avevano trasportati attraverso terreni difficili, attraverso ruscelli scintillanti e su ponti di vite improvvisati, ogni passo li avvicinava all'ignoto.

Mentre si avventuravano più in profondità, l'aria si fece immobile e una dolce melodia di acqua che gocciolava giunse alle loro orecchie. La volta della foresta si aprì per rivelare una valle nascosta, il cui fulcro era una sorgente incantata che scintillava di un bagliore mistico. La luce argentata danzava sulla superficie, creando motivi giocosi sulla vegetazione lussureggiante che la circondava.

Whiskers balzò in avanti, con gli occhi spalancati per la meraviglia. "Guarda, Shells! È come se la luna fosse caduta nella foresta e avesse deciso di fermarsi per un po'."

Shells annuì con un sorriso, avvicinandosi lentamente al bordo della sorgente. "In effetti, Whiskers. È come se la foresta condividesse la sua magia con noi."

Sedevano sul bordo dell'acqua, il sereno chiarore li abbracciava come un vecchio amico. In quel momento di tranquillità, Whiskers e Shells riflettevano sul loro viaggio: gli ostacoli che avevano affrontato, le risate che avevano condiviso e le lezioni che avevano imparato. Ogni sfida aveva solo rafforzato il loro legame, riempiendo loro cuori del calore dell'amicizia.

"Ricordi quando non siamo riusciti a trovare un modo per superare quell'albero caduto?" Whiskers ridacchiò, dando una leggera gomitata a Shells. "Ci siamo fatti strada con quelle liane!"

Shells sorrise, ricordando quel momento. "E come abbiamo costruito quella zattera vicino al ruscello. È stato nostro lavoro di squadra a tenerci a galla."

La sorgente incantata sembrava ascoltare, la sua superficie increspata di approvazione. Nel cuore della foresta la vera magia della loro avventura si rivelò, non nelle acque scintillanti, ma nell'amicizia duratura che li aveva guidati.

Mentre il crepuscolo dipingeva il cielo di sfumature di rosa e viola, Whiskers e Shells sapevano che questo viaggio era stato più che raggiungere un luogo incantato. Si trattava di scoprire la forza e la bellezza del loro legame e le meraviglie che l'amicizia poteva svelare.

Con cuori pieni di gratitudine e occhi scintillanti di gioia, sapevano che avrebbero portato con sé la magia di questo momento, ovunque li avrebbe condotti la loro prossima avventura. E mentre lasciavano la valle, la sorgente incantata continuava a brillare, una custode silenziosa dei loro ricordi e sogni condivisi.

La sorgente incantata

As the first light of dawn filtered through the canopy of the Mysterious Forest, Whiskers, the playful black cat, and Shells, the wise turtle, set out on their journey back to their village. The path home seemed to glow with a newfound radiance, each step echoing the magic they had discovered at the enchanted spring.

With every stride, Whiskers' tail swayed with excitement. "I can't wait to tell everyone about the shimmering spring and how each challenge made us stronger!" he purred, bouncing beside his steadfast friend.

Shells nodded, carrying the weight of wisdom yet moving with renewed lightness. "It's not just the tales of the spring, Whiskers. It's the lessons we've learned—about courage, creativity, and the strength of friendship."

As they meandered through the forest, memories of their adventure danced in their minds like sunbeams through leaves. The fallen tree that had blocked their path now seemed like a mere hiccup, a stepping stone that taught them to think outside the box. The raft they had crafted by the creek, a testament to their teamwork, floated in their thoughts like a symbol of resilience.

"We've become quite the adventurers," Whiskers mused as he playfully leapt over a stream, water droplets sparkling like tiny stars around him.

Shells chuckled, his steady pace unbroken. "And storytellers. Our village will hang on every word as we recount our journey."

The forest seemed to listen, cradling their conversation with the rustling leaves and whispering winds. The journey home was not just a return to the comfortable but rather a continuation of their adventure, made richer by the memories they carried.

As they neared the forest's edge, the landscape began to shift, welcoming them with open fields dotted with wildflowers. The village lay beyond, nestled in the embrace of rolling hills.

Whiskers twitched in excitement, and Shells felt a warm anticipation fill his shell. The thought of sharing their stories with friends and family, seeing eyes widen with wonder, and hearing laughter, echo filled their hearts with joy.

Due to the stories that had preceded their return, the community gathered as they approached the village gates. With hearts brimming with stories and spirits soaring, Whiskers and Shells began to recount their incredible adventure.

Every word they shared weaved a tapestry of adventure, magic, and friendship, leaving their listeners captivated. The enchanted spring, the challenges overcome, and the bonds strengthened became a beacon of inspiration for all.

In the heart of their village, Whiskers and Shells knew that while their journey through the Mysterious Forest had ended, the true adventure—sharing and growing together—had just begun. As twilight painted the sky in hues of possibility, they realized that the magic of their tales would forever light their community.

Homeward Bound

Mentre le prime luci dell'alba filtravano attraverso la volta della Foresta Misteriosa, Whiskers, il giocoso gatto nero, e Shells, la saggia tartaruga, si misero in viaggio per tornare al loro villaggio. Il sentiero di casa sembrava risplendere di una nuova radiosità, ogni passo riecheggiava la magia che avevano scoperto alla sorgente incantata.

A ogni passo, la coda di Whiskers ondeggiava per l'eccitazione. "Non vedo l'ora di raccontare a tutti della sorgente scintillante e di come ogni sfida ci abbia resi più forti!" fece le fusa, saltellando accanto al suo fedele amico.

Shells annuì, portando il peso della saggezza ma muovendosi con rinnovata leggerezza. "Non sono solo i racconti della primavera, Whiskers. Sono le lezioni che abbiamo imparato, sul coraggio, la creatività e la forza dell'amicizia." Mentre vagavano nella foresta, i ricordi della loro avventura danzavano nelle loro menti come raggi di sole tra le foglie. L'albero caduto che aveva bloccato il loro cammino ora sembrava un semplice singhiozzo, un trampolino di lancio che insegnava loro a pensare fuori dagli schemi. La zattera che avevano costruito vicino al ruscello, una testimonianza del loro lavoro di squadra, galleggiava nei loro pensieri come un simbolo di resilienza.

"Siamo diventati degli avventurieri", rifletté Whiskers mentre saltava giocosamente un ruscello, le gocce d'acqua scintillavano come piccole stelle intorno a lui.
Shells ridacchiò, il suo passo costante ininterrotto. "E narratori. Il nostro villaggio penderà da ogni parola mentre racconteremo il nostro viaggio".
La foresta sembrava ascoltare, cullando la loro conversazione con il fruscio delle foglie e il sussurro del vento. Il viaggio di ritorno non era solo un ritorno al comfort, ma piuttosto una continuazione della loro avventura, resa più ricca dai ricordi che portavano con sé.
Mentre si avvicinavano al limite della foresta, il paesaggio iniziò a cambiare, accogliendoli con campi aperti punteggiati di fiori selvatici. Il villaggio si trovava oltre, incastonato nell'abbraccio di dolci colline.
Whiskers sussultò per l'eccitazione e Shells sentì una calda anticipazione riempire il suo guscio. Il pensiero di condividere le loro storie con amici e familiari, vedere occhi spalancati per la meraviglia e sentire risate, riempì i loro cuori di gioia. Grazie alle storie che avevano preceduto il loro ritorno, la comunità si radunò mentre si avvicinavano ai cancelli del villaggio. Con i cuori colmi di storie e lo spirito in ascesa, Whiskers e Shells iniziarono a raccontare la loro incredibile avventura.

Ogni parola che condividevano tesseva un arazzo di avventura, magia e amicizia, lasciando i loro ascoltatori incantati. La primavera incantata, le sfide superate e i legami rafforzati divennero un faro di ispirazione per tutti.

Nel cuore del loro villaggio, Whiskers e Shells sapevano che mentre il loro viaggio attraverso la Foresta Misteriosa era terminato, la vera avventura, condividere e crescere insieme, era appena iniziata. Mentre il crepuscolo dipingeva il cielo di sfumature di possibilità, si resero conto che la magia dei loro racconti avrebbe illuminato per sempre la loro comunità.

Ritorno a casa

As the sun began to set over the quaint village, casting a golden glow across the cobblestone streets, Whiskers and Shells sat side by side on their favorite hill. Their day had been filled with laughter, mystery, and the simple joys of exploring together. With his ever-curious eyes, Whiskers looked at Shells and purred, "Every adventure is more fun with you by my side, Shells."

Shells, wise and thoughtful, nodded slowly. "And every mystery is clearer with your lively stories, Whiskers," he replied with a gentle smile. Together, they watched as the villagers began to wind down their day, knowing that tomorrow would bring new opportunities for fun and learning. In that peaceful moment, they realized that the true magic of their adventures wasn't just in the places they discovered or the problems they solved but in the friendship they shared. The laughter and support they gave each other made every day special.

Whiskers and Shells headed home as the stars twinkled in the night sky, their hearts light and full of happiness.

They knew that no matter what the future held, their friendship would always be their most fantastic adventure.

And so, dear reader, remember that the magic of friendship is a treasure that grows with every shared moment and fills our lives with endless joy. Until our next adventure, may your days be filled with the warmth of friendship and the wonder of discovery.

The Magic of Friendship

Mentre il sole iniziava a tramontare sul pittoresco villaggio, gettando un bagliore dorato sulle strade acciottolate, Whiskers e Shells sedevano fianco a fianco sulla loro collina preferita. La loro giornata era stata piena di risate, mistero e semplici gioie di esplorare insieme. Con i suoi occhi sempre curiosi, Whiskers guardò Shells e fece le fusa, "Ogni avventura è più divertente con te al mio fianco, Shells".

Shells, saggio e premuroso, annuì lentamente. "E ogni mistero è più chiaro con le tue storie vivaci, Whiskers", rispose con un sorriso gentile. Insieme, guardarono mentre gli abitanti del villaggio iniziavano a concludere la loro giornata, sapendo che il giorno dopo avrebbero portato nuove opportunità di divertimento e apprendimento.

In quel momento di pace, si resero conto che la vera magia delle loro avventure non stava solo nei luoghi che scoprivano o nei problemi che risolvevano, ma nell'amicizia che condividevano. Le risate e il sostegno che si davano a vicenda rendevano ogni giorno speciale.

Whiskers e Shells si diressero a casa mentre le stelle scintillavano nel cielo notturno, i loro cuori leggeri e pieni di felicità. Sapevano che, qualunque cosa riservasse il futuro, la loro amicizia sarebbe sempre stata la loro avventura più fantastica.

E quindi, caro lettore, ricorda che la magia dell'amicizia è un tesoro che cresce con ogni momento condiviso e riempie le nostre vite di gioia infinita. Fino alla nostra prossima avventura, che i tuoi giorni siano pieni del calore dell'amicizia e della meraviglia della scoperta.

La magia dell'amicizia

bonus story of the next adventures

Whispers of a hidden garden had always intrigued Whiskers and Shells in the quaint village where they lived. One sunny morning, driven by their insatiable curiosity, they decided it was time to uncover its secrets. Whiskers led the way with a twinkle in his eye, his silver stripes glistening in the sunlight, while Shells trudged steadily at his side, her shell shimmering with anticipation.

As they ventured beyond the familiar cobblestone streets, they found themselves at the edge of a thick grove. With teamwork and a touch of Whiskers's nimble agility, they made their way through the bushes, arriving at a clearing that sparkled with magic. Before them lay the hidden garden, a dazzling display of plants glowing in every color imaginable.

In this enchanting place, the flowers sang melodies, and the vines danced gracefully in the breeze. As they explored, Whiskers noticed a small creature fluttering nearby. It was a luminous butterfly with wings that shone like the moonlight. "Hello, travellers!" the butterfly chirped, introducing herself as Glimmer. "Welcome to the Garden of Wonders!"

Glimmer led them deeper into the garden, where they encountered more of its magical inhabitants: a wise old frog who shared stories of the garden's history and mischievous sprites who played hide-and-seek among the towering ferns. Whiskers and Shells were in awe, their eyes widening at each new wonder.

The garden was more than just a hidden gem; it was a sanctuary of friendship and discovery. Whiskers and Shells worked together, using their unique talents to help a young plant needing light by clearing a path for the sun's rays. In return, the grateful plant gifted them its sweet, bright fruit.

By the end of the day, Whiskers and Shells had discovered the garden's secrets and formed lasting bonds with its magical inhabitants. As they returned home, the promise of new adventures filled their hearts. They knew they had found a place where magic thrived and, with it, the joy of sharing these adventures with friends old and new.

The discovery of their hidden garden was just the beginning, and with excitement bubbling inside them, they eagerly awaited the adventures yet to come.

storia bonus delle prossime avventure

I sussurri di un giardino nascosto avevano sempre incuriosito Whiskers e Shells nel pittoresco villaggio in cui vivevano. Una mattina di sole, spinti dalla loro insaziabile curiosità, decisero che era giunto il momento di scoprirne i segreti. Whiskers fece strada con un luccichio negli occhi, le sue strisce argentate luccicanti alla luce del sole, mentre Shells arrancava con passo sicuro al suo fianco, la sua conchiglia scintillante di anticipazione.

Mentre si avventuravano oltre le familiari strade acciottolate, si ritrovarono ai margini di un fitto boschetto. Con il lavoro di squadra e un tocco dell'agilità di Whiskers, si fecero strada tra i cespugli, arrivando a una radura che scintillava di magia. Davanti a loro si stendeva il giardino nascosto, uno spettacolo abbagliante di piante che brillavano di tutti i colori immaginabili.

In questo luogo incantevole, i fiori cantavano melodie e le viti danzavano con grazia nella brezza. Mentre esploravano, Whiskers notò una piccola creatura che svolazzava lì vicino. Era una farfalla luminosa con ali che brillavano come la luce della luna. "Ciao, viaggiatori!" cinguettò la farfalla, presentandosi come Glimmer. "Benvenuti al Giardino delle Meraviglie!"

Glimmer li condusse più in profondità nel giardino, dove incontrarono altri dei suoi magici abitanti: una vecchia e saggia rana che condivideva storie sulla storia del giardino e spiriti dispettosi che giocavano a nascondino tra le torreggianti felci. Whiskers e Shells erano in soggezione, i loro occhi si spalancavano a ogni nuova meraviglia.

Il giardino era più di una semplice gemma nascosta; era un santuario di amicizia e scoperta. Whiskers e Shells lavoravano insieme, usando i loro talenti unici per aiutare una giovane pianta che aveva bisogno di luce liberando un percorso per i raggi del sole. In cambio, la pianta grata regalò loro il suo frutto dolce e luminoso.

Alla fine della giornata, Whiskers e Shells avevano scoperto i segreti del giardino e stretto legami duraturi con i suoi magici abitanti. Mentre tornavano a casa, la promessa di nuove avventure riempiva i loro cuori. Sapevano di aver trovato un posto dove la magia prosperava e, con essa, la gioia di condividere queste avventure con vecchi e nuovi amici.

La scoperta del loro giardino nascosto era solo l'inizio e, con l'eccitazione che ribolliva dentro di loro, attendevano con ansia le avventure che dovevano ancora venire.

The magic garden - Il giardino magico

Embark on a whimsical journey with Whiskers the cat and Shells the turtle in this enchanting children's tale! Dive into the mysterious forest alongside these delightful companions as they encounter magical creatures like shimmering fireflies and cheerful rabbits. Their adventure leads them to a breathtaking enchanted spring, where the true magic of friendship and teamwork unfolds. Perfect for sparking the imagination of young readers and warming the hearts of parents, this story invites everyone to experience the joy of discovery and the power of companionship. Get ready to join Whiskers and Shells on a magical adventure that promises laughter, wonder, and unforgettable memories!

In the next adventures of Whiskers and Shells
Nelle prossime avventure di Whiskers e Shells

Intraprendi un viaggio stravagante con Whiskers il gatto e Shells la tartaruga in questa incantevole favola per bambini! Immergiti nella misteriosa foresta insieme a questi deliziosi compagni mentre incontrano creature magiche come lucciole scintillanti e allegri conigli. La loro avventura li conduce a una primavera incantata mozzafiato, dove si dispiega la vera magia dell'amicizia e del lavoro di squadra. Perfetta per accendere l'immaginazione dei giovani lettori e scaldare i cuori dei genitori, questa storia invita tutti a provare la gioia della scoperta e il potere della compagnia. Preparati a unirti a Whiskers e Shells in un'avventura magica che promette risate, meraviglia e ricordi indimenticabili!

Morena beltrami

The Author
Morena Beltrami is a writer and painter. As an author, she boasts many collaborations with magazines such as Io Donna and Gioia, while as a painter, she has a twenty-year career and manages an art gallery. Between 2010 and 2014, She was a finalist and winner of significant national and international competitions.
Other books by the writer in ebook and paperback editions available on digital platforms:
CONDIZIONI DI SOLITUDINE STABILE
INTIMITA' E CONFESSIONI
APPARENTE INNOCENZA
MIRACOLI A WEST STREET
PICCOLE VENDETTE

L'Autrice
Morena Beltrami è una scrittrice e pittrice. Come autrice vanta molte collaborazioni con riviste come Io Donna, e Gioia, mentre come pittrice ha una carriera ventennale e gestisce una galleria d'arte. Tra il 2010 e il 2014, finalista e vincitrice di importanti concorsi Nazionali e Internazionali.
Altri libri della scrittrice in edizione ebook e cartacea disponibili sulle piattaforme digitali:
CONDIZIONI DI SOLITUDINE STABILE
INTIMITA' E CONFESSIONI
APPARENTE INNOCENZA
MIRACOLI A WEST STREET
PICCOLE VENDETTE

Made in the USA
Columbia, SC
13 November 2024

46438022R00045